AF381472

Un appartement à Paris

de Guillaume Musso

lePetitLittéraire.fr

Rendez-vous sur lepetitlitteraire.fr et découvrez :

Plus de 1200 analyses
Claires et synthétiques
Téléchargeables en 30 secondes
À imprimer chez soi

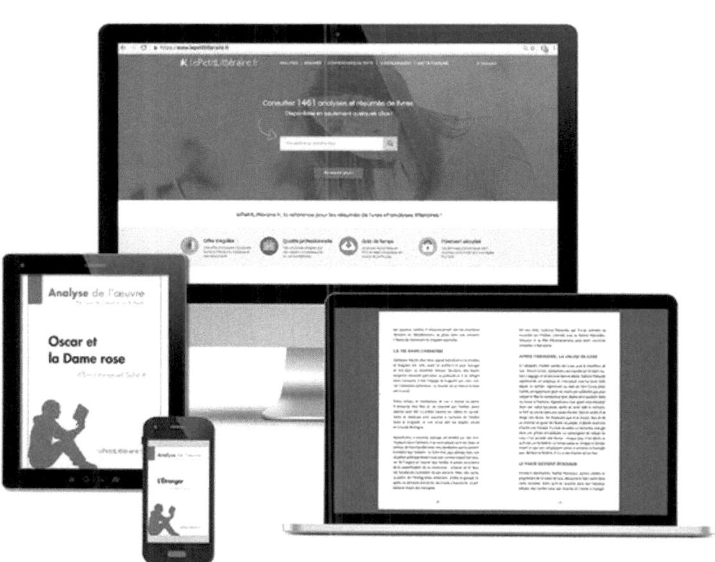

GUILLAUME MUSSO

ÉCRIVAIN FRANÇAIS

- **Né en 1974 à Antibes**
- **Quelques-unes de ses œuvres** :
    - *Et Après...* (2004), roman
    - *La Fille de papier* (2010), roman
    - *L'Appel de l'ange* (2011), roman

Né en 1974 à Antibes, Guillaume Musso a très tôt conscience de sa vocation d'écrivain. À dix-neuf ans, il effectue d'ailleurs un séjour à New York qui lui inspire déjà de nombreuses idées de romans. Diplômé en sciences économiques, il enseigne cette matière jusqu'en 2008. En 2004 parait son livre *Et Après...*, vendu à un million d'exemplaires et traduit en une vingtaine de langues. Les lecteurs ne cesseront par la suite de s'enthousiasmer pour chacun de ses romans, comme *Sauve-moi* (2005), *Seras-tu là ?* (2006), *Parce que je t'aime* (2007), etc. Il est aujourd'hui un des auteurs favoris du grand public et plusieurs de ses œuvres ont été adaptées au cinéma.

UN APPARTEMENT À PARIS

UN THRILLER INATTENDU SUR FOND DE QUÊTE INITIATIQUE

- **Genre** : thriller
- **Édition de référence** : Un appartement à Paris, Paris, Pocket, 2018, 542 p.
- **1ʳᵉ édition** : 2017
- **Thématiques** : enquête, amour, art, vengeance, maternité

Entre thriller et récit initiatique, ce roman de Guillaume Musso paru en 2017 raconte la rencontre imprévue entre deux personnages que tout semble opposer : Madeline, ancienne policière originaire de Londres, et Gaspard, un dramaturge américain renommé. Contraints de partager leur location parisienne suite à une erreur informatique, tous deux vont faire sur Sean Lorenz, ex-propriétaire de la maison qu'ils louent, une découverte qui les plongera au cœur d'une enquête imprévue. De multiples rebon-

dissements les conduiront de Paris à New York,
mais aussi à affronter leurs démons intérieurs.

RÉSUMÉ

PARIS ET LES PEINTURES DISPARUES

Le mardi 20 décembre, comme chaque année, le dramaturge américain Gaspard Coutances débarque à l'aéroport Roissy-Charles-de-Gaulle pour s'isoler durant un mois dans un appartement parisien et écrire sa nouvelle pièce de théâtre.

Arrivée par l'Eurostar à la Gare du Nord, Madeline Greene, ex-policière londonienne, a loué une maison de vacances pour se reconstruire après une tentative de suicide, reprendre des forces et pouvoir suivre le processus de fécondation in vitro qu'elle a décidé d'entreprendre. À ses yeux, cette procédure représente la dernière chance qu'il lui reste d'avoir un enfant.

Suite à une erreur informatique, Madeline et Gaspard se retrouvent obligés de partager la même maison : l'atelier de Sean Lorenz, un ancien graffeur new-yorkais devenu peintre célèbre et aujourd'hui décédé.

Contrariée, Madeline contacte et rencontre Bernard Bénédick, le galeriste responsable de la location de la maison qu'il a héritée de Sean Lorenz, son ancien ami artiste. À sa manière de poser des questions, Bernard devine que la jeune femme appartient à la police et, apprenant qu'elle a travaillé sur des affaires d'enlèvements et des homicides, l'invite à déjeuner. En effet, outre la maison, Sean lui a également légué une boite d'allumettes provenant d'un restaurant qu'il fréquentait souvent et sur laquelle il a inscrit une citation d'Apollinaire : « Il est grand temps de rallumer les étoiles ». Il s'agit, en réalité, d'un indice, laissé par le peintre, pour révéler le lieu où sont dissimulés ses trois derniers tableaux que le galeriste cherche vainement depuis le décès de son ami. Pressentant qu'elle sera capable de les retrouver, Bernard Bénédick confie cette mission à Madeline.

Pendant ce temps, Gaspard explore la demeure et fait la découverte d'une biographie de Sean Lorenz dont la lecture le fascine. Dérangé par une musique assourdissante, le dramaturge se rend alors chez la voisine, Pauline Delatour. En discutant avec elle, il apprend que Lorenz avait effectivement recommencé à peindre quelques jours avant son décès. Cependant, contrairement à ses habitudes diurnes, l'artiste s'adonnait à sa passion uniquement pendant la nuit.

Le soir venu, Madeline et Gaspard partagent autour d'un dîner leurs découvertes respectives sur la vie de Lorenz et son œuvre : deux ans plus tôt, Béatriz Muñoz, une ancienne amie de Sean, a enlevé et séquestré son épouse Pénélope et leur fils Julian à New York. L'enlèvement s'est achevé sur la mort du petit garçon, plongeant le peintre dans le désarroi le plus total et le faisant renouer avec ses démons : alcool, drogue et médicaments. Contre toute attente, il se remet à peindre quelque temps avant son décès, bercé par l'espoir fou que son fils est toujours vivant, confirmant ainsi l'existence des trois tableaux.

La découverte de tous ces éléments marque Madeline eu Gaspard, au point qu'ils décident ensemble de se lancer dans la quête des tableaux, chacun de leur côté : ils ne peuvent en effet se supporter que le temps d'un repas. Leurs investigations les amènent à rencontrer plusieurs personnes de l'entourage du peintre : Pénélope Kurkowski, son ex-femme, Diane Raphaël, sa psychiatre et amie, et Jean-Michel Fayol, son marchand de couleurs.

C'est finalement en se rendant dans le restaurant d'où provient la boite d'allumettes que Madeline et Gaspard vont franchir une première étape décisive dans leur enquête. En examinant la mosaïque que le peintre avait posée dans ce lieu qu'il s'était remis à fréquenter, ils découvrent un QR code soigneusement dissimulé. Ce dernier donne accès à une citation d'Oscar Wilde, évoquant elle aussi des étoiles. Bernard Bénédick leur apprenant que le petit Julian était scolarisé à l'école des Étoiles, Madeline et Gaspard se rendent sur les lieux. Là, se souvenant que le tableau L'Origine du Monde de Gustave Courbet était caché par un autre tableau, Gaspard découpe trois toiles d'enfants derrière lesquelles Sean avait en fait dissimulé ses ultimes productions. Sur la dernière d'entre elles, la phrase « Julian est vivant » est tracée à la peinture phosphorescente et répétée sur toute la toile.

NEW YORK ET LE PETIT JULIAN

Convaincue que le fils de Sean et Pénélope est bel et bien mort, Madeline part en Espagne pour faire procéder au prélèvement de ses ovocytes.

De son côté, non satisfait de ce dénouement, Gaspard pousse ses investigations plus loin et, grâce aux documents et aux objets qu'il découvre dans les affaires du peintre, se laisse à son tour persuader que le petit Julian est encore en vie. Cependant, sachant que ces éléments ne suffiront pas à convaincre Madeline, il modifie les relevés téléphoniques de Sean et imprime un article de journal parlant du travail de la jeune policière où il surligne certains passages, afin de lui faire croire que c'était elle que l'artiste voulait voir lors de son dernier séjour à New York. C'est ainsi que la jeune femme accepte, en échange de sa promesse de ne plus jamais le revoir par la suite, de suivre Coutances aux États-Unis.

À peine arrivés à New York, Gaspard et Madeline reprennent goût à la vie, lui parce qu'il retrouve un lieu familier, elle parce qu'elle renoue progressivement avec ses instincts d'enquêtrice.

Très vite, leurs investigations respectives les amènent à découvrir qu'Adriano Sotomayor, le troisième membre des Artificiers – le groupe de graffeurs auquel appartenaient Sean et Béatriz – est loin de correspondre à l'image de policier intègre qu'il affichait. En effet, l'homme se révèle être responsable non seulement de la mort de son demi-frère, mais aussi de l'enlèvement, la séquestration et le meurtre de plusieurs jeunes enfants. Des crimes faisant partie intégrante d'un plan machiavélique élaboré pour se venger de sa mère, qui l'avait abandonné auprès d'un père violent alors qu'il n'avait que cinq ans.

En découvrant dans les relevés bancaires d'Adriano des dépenses concernant d'importantes quantités de nourriture lyophilisée et de produits et objets pour enfant en bas âge, les deux enquêteurs en herbe retrouvent l'espoir de dénicher Julian vivant, bien qu'ils n'aient rien trouvé dans la vieille maison familiale des Sotomayor. Après une énième dispute, Madeline et Gaspard découvrent, elle, en regardant une photo, lui, en discutant avec un habitant de la région, que le père d'Adriano possédait un bateau. C'est là qu'ils retrouvent enfin le petit Julian, dans un état critique, mais en vie.

Tandis qu'ils sont sur la route pour le conduire à l'hôpital, Gaspard fait une proposition à Madeline : rendre l'enfant aux autorités et reprendre séparément le cours de leur vie, ou bien offrir une famille à Julian. Madeline choisit cette dernière option. Ils mettent le feu au bateau afin de faire disparaître toutes les preuves et, après avoir fait refaire les papiers de Julian, tous trois partent vivre en Grèce, sur l'île de Snifos où Gaspard possède un voilier.

ÉTUDE DES PERSONNAGES

MADELINE GREENE

La vie de Madeline Greene est chaotique. D'abord membre de la brigade criminelle de Manchester, qu'elle a quittée à la suite d'une affaire épouvantable (*L'Appel de l'ange*, 2011) qui l'a psychologiquement détruite, elle s'est ensuite installée à Paris où elle est devenue fleuriste. Là, la jeune femme parvient, grâce à une rencontre, à reprendre et résoudre l'enquête qui l'amène à entrer dans les services administratifs du programme fédéral de protection des témoins à New York où elle termine comme consultante pour les affaires classées. Comme son travail ne la satisfait pas et qu'elle n'a plus aucune raison de rester aux États-Unis depuis que son compagnon l'a quittée pour retourner vivre avec son épouse et son petit garçon, Madeline démissionne et revient en Angleterre.

Alors qu'elle pense avoir cicatrisé ses blessures, notre jeune héroïne finit par faire une tentative de suicide après avoir aperçu son ancien compagnon avec son fils. C'est donc pour se reconstruire qu'en cette fin d'année, elle arrive à Paris où elle a loué une maison de vacances et qu'elle a entamé une procédure de fécondation in vitro. En effet, elle voit le temps passer, ne se sent plus capable d'aimer un homme et cette intervention lui semble la seule option envisageable pour avoir un enfant. En réalité, comme le devine Gaspard Coutances dès leur première véritable discussion, ce désir d'enfant vise avant tout à combler un sentiment de solitude qu'elle refuse longtemps d'admettre : « En découvrant son image, Madeline fut prise d'un spleen inattendu. Sa solitude et son désarroi lui apparurent dans toute leur crudité » (p.304). Malgré tout, elle montre une forme d'obstination presque maladive pour satisfaire ce désir de maternité, puisqu'elle s'impose le douloureux processus d'un traitement préparatoire qu'elle supporte difficilement et qu'elle souhaite voir s'achever au plus vite. Pourtant, a contrario, elle ne parvient pas à visualiser son futur enfant.

D'après le galeriste Bernard Bénédick, Madeline ne semble pas commode, un trait de caractère qui réapparait souvent dans ses relations avec les autres. De même, dès qu'il s'agit d'aborder sa vie personnelle, ses réactions vis-à-vis de l'écrivain et de son ancien ami Takumi, venu la chercher à son arrivée à Paris, montrent qu'elle n'est pas en paix avec elle-même malgré l'assurance qu'elle affiche. Son allure générale s'en ressent puisqu'elle a présente toujours la même coupe de cheveux démodée et traine son vieux blouson de cuir.

Même si elle n'exerce plus le métier de policière, les enquêtes sur les tableaux de Sean Lorenz et Julian réveillent en elle ses instincts d'enquêtrice et la font progressivement revivre : c'est « l'étincelle qu'elle attendait depuis le début » (p.408).

GASPARD COUTANCES

Dramaturge à succès dont les pièces sont jouées dans le monde entier, Gaspard Coutances n'a pourtant pas une existence heureuse. « Goujat, bougon, ombrageux » (p.298) et célibataire endurci, il mène une vie bien réglée : il passe un mois enfermé à Paris pour écrire sa pièce de théâtre annuelle, six mois dans les Cyclades où il possède un voilier et, quand vient la saison touristique, il quitte la Grèce pour son chalet du Montana. Il ne possède ni téléphone portable, ni adresse e-mail et se sert de Karen, son agent, comme d'une « interface avec l'extérieur. Le bouclier qui lui permettait de vivre à sa guise et de dire merde à tout le monde. » (p.297-298). Néanmoins, cela ne l'empêche pas de quitter par intermittences sa vie d'ermite pour assister à l'un ou l'autre évènement culturel. Cette ambivalence se traduit dans son apparence générale qui donne l'impression d'un homme qui se néglige et non de l'auteur cultivé qu'il est. « C'était un ovni : une sorte de gentleman misanthrope et pessimiste, mais qui, le temps d'un dîner, pouvait se révéler un agréable compagnon. » (p.123).

C'est également une personne intègre incapable de mentir, mais qui apprend beaucoup au contact de Madeline.

Ce caractère revêche s'explique sans doute par le passé douloureux de l'écrivain, marqué par l'absence de son père causée par sa mère, qui voulait le priver de ses droits parentaux. Il doit aussi gérer son rapport complexe avec l'alcool, dont il a parfaitement conscience : « Tantôt ami, tantôt ennemi, l'alcool était le bouclier qui tenait les émotions à distance, la cotte de mailles qui le protégeait des angoisses, le meilleur des somnifères » (p.54).

SEAN LORENZ

Bien que ce personnage soit décédé au moment où débute le récit, son ombre est omniprésente tout au long de l'histoire, qui s'articule toujours autour d'un élément de sa vie ou de son œuvre.

Ancien petit délinquant ayant appartenu aux Artificiers, un groupe de graffeurs new-yorkais, Sean Lorenz rencontre en 1992 une jeune Française, Pénélope Kurkowski, dont il tombe amoureux. Il la suit à Paris où le galeriste Bernard Bénédick, qui deviendra son ami, repère son talent et fait de lui un peintre apprécié.

Même si ses relations tant amoureuses qu'amicales sont ponctuées de hauts et de bas, Lorenz n'en reste pas moins une bonne personne (« Il était même plutôt humble et, bien qu'il fût obsédé par sa peinture, ça ne l'empêchait pas de s'intéresser aux gens. » [p.189]), n'hésitant pas à venir financièrement en aide à son marchand de couleurs ou à offrir une mosaïque au restaurant qu'il aimait fréquenter. Il est l'exemple type de l'artiste tourmenté qui perd toute son inspiration et son envie de peindre après la naissance tant attendue de son fils Julian, source d'un immense bonheur pour lui. D'apparence austère, il est comme métamorphosé en présence de son enfant. Après la disparition du petit garçon, le peintre reste profondément convaincu qu'il est toujours vivant, et cet espoir ravive sa flamme artistique.

LES AUTRES PERSONNAGES

Bernard Bénédick

C'est le galeriste qui repéra le talent de Sean Lorenz à son arrivée à Paris, avant de devenir son ami et le parrain du petit Julian. Légataire des biens et de la maison de l'artiste, c'est lui qui lance Madeline sur la piste des trois tableaux disparus.

Pénélope Kurkowski-Lorenz

C'est une ancienne mannequin française dont Sean tomba amoureux dès qu'il la vit. Il la suivra à Paris où il l'épousera. Victime avec leur fils de la vengeance de Béatriz Muñoz, dont elle garde des séquelles physiques, elle est la seule témoin du meurtre de Julian.

CLÉS DE LECTURE

UN THRILLER MULTIPLE

Suspense omniprésent, nombreux rebondissements et tension caractérisent le genre littéraire du thriller. Tous ces éléments se retrouvent dans cette histoire dont l'issue reste imprévisible jusqu'au bout.

Au début du récit, *Un appartement à Paris* se présente comme une comédie romantique classique : deux personnages que tout oppose sont contraints de se côtoyer. Mais très vite, le roman prend l'allure d'une enquête policière pour retrouver les trois hypothétiques dernières toiles que Sean Lorenz a peintes avant sa mort. Si la découverte des œuvres clôt l'enquête menée par Madeline et Gaspard, elle débouche sur une nouvelle énigme tout à fait inattendue : le petit Julian que sa mère Pénélope affirme avoir vu se faire assassiner sous ses yeux, serait encore vivant selon le peintre. Hypothèse plausible ou divagation de la part d'un père meurtri et désespéré ? Le doute persiste longtemps pour nos deux héros.

L'enquête pour retrouver Julian connait, elle aussi, des rebondissements multiples. Dans un premier temps, Gaspard est sincèrement convaincu, à l'instar de Sean, qu'ils vont retrouver l'enfant vivant puisque son corps n'a jamais été découvert. Cependant, la mort d'Adriano Sotomayor, le ravisseur, persuade Madeline et Gaspard que Julian est décédé. Contre toute attente, les éléments découverts en examinant les achats fréquemment effectués par Adriano leur redonnent l'espoir de retrouver le fils de Sean et Pénélope en vie. Toutefois, quand ils parviennent enfin à le localiser, la découverte du corps sans vie de Bianca, la mère d'Adriano qui était enfermée avec le petit, leur fait redouter le pire avant un dénouement heureux et inespéré.

Une troisième intrigue sous la forme d'un *cold case* en plusieurs étapes se greffe à l'enquête sur la disparition du fils de Sean et Pénélope. Les deux enquêteurs s'interrogent d'abord sur la véritable personnalité d'Adriano Sotomayor. Ensuite, ils s'attèlent à résoudre l'affaire du « Roi des Aulnes » pour comprendre ce qui est vraiment arrivé au petit Julian. Ces découvertes permettent par la même occasion d'expliquer la mort de Reuben

Sotomayor, le demi-frère d'Adriano, la disparition de leur mère Bianca ainsi que les enlèvements et les assassinats de plusieurs jeunes enfants.

La résolution de ces multiples énigmes se révèle une étape obligatoire pour nos personnages dans le cadre de leur enquête sur Julian Lorenz, mais elle présente cette particularité de la faire progresser tout en la ralentissant, ce qui contribue à maintenir le suspense.

Enfin, l'alternance de focalisation entre Madeline et Gaspard et est un autre procédé qui permet d'entretenir le suspense : elle casse le rythme du récit et multiplie les rebondissements, puisque les découvertes sont faites tantôt par l'un tantôt par l'autre.

UN RÉCIT INITIATIQUE

Si *Un appartement à Paris* présente tous les codes d'un thriller, il n'en est pas moins un récit initiatique pour les deux personnages principaux, Madeline Greene et Gaspard Coutances.

On y observe en effet une transformation profonde de leur personnalité, associée à la découverte de nouvelles valeurs : l'amour et la famille pour Gaspard, la famille pour Madeline. Cette mutation va se faire progressivement à travers l'enquête que les deux héros vont mener pour tenter de retrouver les dernières toiles de Sean Lorenz et, par la suite, son fils, Julian.

« Sans se l'avouer, Madeline et Gaspard s'accrochaient tous deux à la croyance folle que ces secrets leur livreraient une vérité, car, en recherchant ces tableaux, c'était aussi une partie d'eux-mêmes qu'ils traquaient » (p.178). Au début du roman, Madeline fait une tentative de suicide après avoir aperçu son ancien compagnon avec son petit garçon, l'enfant qu'elle aurait tant aimé avoir avec lui. Puisqu'elle a survécu grâce à l'intervention in extremis de sa meilleure amie, son âge et l'absence de relation sérieuse la poussent à entreprendre un processus de fécondation in vitro. Décidée à se reconstruire – c'est la raison de son séjour à Paris –, elle rêve d'une famille, mais n'envisage pas qu'un homme puisse en faire partie, car « son cœur n'avait plus la force d'aimer » (p.141).

Misanthrope et technophobe, Gaspard a rejeté tout projet de fonder une famille. En effet, pourquoi infligerait-il volontairement à un enfant qui n'a rien demandé de naitre dans un tel monde ? L'écrivain n'a pas eu une enfance heureuse : sa mère l'empêchait de voir son père – qu'il parvenait cependant à rencontrer avec la complicité de la nounou –, et ce dernier s'est finalement pendu après avoir été arrêté alors qu'il se battait pour récupérer ses droits parentaux.

Bien que leur enquête commune sur les trois dernières œuvres du peintre Sean Lorenz leur ait appris à communiquer l'un avec l'autre depuis leur première rencontre houleuse à Paris, c'est leur départ pour New York et l'enquête sur le petit Julian qui marquent véritablement un premier bouleversement dans la vie des deux protagonistes.

Une première étape est franchie dans l'évolution du personnage de Gaspard lorsqu'il tente de retenir Madeline alors qu'elle s'apprête à prendre l'avion pour Madrid, où elle doit entamer sa procédure de fécondation in vitro. Lui qui ne veut pas d'enfant est le premier persuadé que le petit Julian est bien vivant et il prend des initiatives dans cette entreprise. Ce changement s'exprime aussi physiquement puisque Karen, son agent, le perçoit. « Tu t'es rasé, tu n'as plus tes lunettes, tu portes des costards et tu sens la lavande ! » (p.300)

Mais le véritable bouleversement, le point de non-retour a lieu à New York, au moment précis où Gaspard tient le petit Julian dans ses bras et que celui-ci lui demande s'il est son père. Une question à laquelle, après une brève hésitation, le dramaturge répond finalement par l'affirmative. C'est ainsi que, bloqué dans les embouteillages sur la route de l'hôpital, Gaspard retente sa chance, pressentant que Madeline et lui sont arrivés à un point charnière de leur histoire : ils peuvent rendre le petit Julian aux autorités et repartir chacun de leur côté, ou bien former une famille et offrir un foyer au petit garçon malmené par la vie.

Cette proposition de l'écrivain suscite un bouleversement profond chez l'ex-policière : reconnaissant sa propre fragilité et l'acceptant enfin, elle opte pour cette vie de famille et de couple qu'elle avait décidé de rejeter par crainte d'aimer et de souffrir à nouveau.

C'est le début d'une nouvelle vie pour ce trio.

Sans le savoir, Julian a ainsi été le facteur de transformation profonde, lente ou rapide selon le personnage envisagé, de Madeline et de Gaspard, comme raconté dans l'épilogue.

L'IMPORTANCE DU PROCESSUS ARTISTIQUE

« L'art est comme un incendie, il naît de ce qu'il brûle. » — Jean-Luc Godard (p.181)

L'art est omniprésent dans cette histoire, tout autant que le processus artistique qui, d'après les éléments présentés par Musso, semble ne pouvoir surgir que d'une souffrance. Le personnage de Sean Lorenz est d'ailleurs présenté comme l'archétype de l'artiste torturé.

Une enfance malheureuse semble être un dénominateur commun entre Sean et Gaspard. Le premier, en effet, n'a jamais été reconnu par son père. Renvoyé de son école, il tombe dans la petite délinquance et rejoint un groupe de tagueurs à la fin de son adolescence, période où il présente une « allure juvénile, mais un visage déjà tourmenté » (p. 72). Le second a été empêché par sa mère de voir son père. Ce n'est qu'avec la complicité de sa nourrice que Gaspard parvenait à rencontrer son père épisodiquement, jusqu'au jour où il mentionne par inadvertance qu'ils se sont rendus ensemble au cinéma. Involontairement, il condamne ainsi son père à être déchu de ses droits parentaux et au suicide, après avoir été arrêté par la police alors qu'il voulait se battre pour continuer à voir son fils.

Cette souffrance nourrit la productivité de Coutances qui s'inflige tous les ans à la période de Noël un mois d'écriture solitaire à Paris, cette ville liée à son enfance malheureuse où il se vit privé de son père. C'est ce qu'il qualifie lui-même de « technique d'écriture en milieu hostile » (p.27). Contrairement à Sean Lorenz, le dramaturge a conscience de l'impact de son mal-être sur sa création ; il est réaliste quant à son problème d'alcool. La solitude, l'insatisfaction et la tristesse lui permettent d'écrire, ce que son agent, Karen, a très bien compris : c'est pour cette raison qu'elle le laisse mener ce genre de vie.

Quant à Sean, la souffrance est une amie permanente. En effet, il trouve son inspiration dans sa vie de couple tumultueuse avec Pénélope. Celle-ci remplit le rôle d'une muse : il a peint vingt-et-un portraits d'elle, non sans mettre en péril son équilibre mental. L'ancienne mannequin se dit en effet vidée, qualifiant la peinture de son ex-mari de « cannibale » qui « vous tuait pour pouvoir exister » (p.194). Cette opinion, la psychiatre de Sean la confirme en ces termes : « Le vieux principe de la destruction créatrice. Pour construire une œuvre comme la sienne, peut-être était-il inéluctable que Sean se détruise et qu'il détruise les autres. » (p. 169).

En outre, cette destruction, Sean l'applique aussi à ses propres œuvres. Perfectionniste – ou éternel insatisfait–, il n'hésitait pas à réduire à néant tout son travail : « Lorsqu'il n'était pas satisfait d'un tableau, Lorenz le brûlait immédiatement. Entre 1999 et 2013, il peindra ainsi plus de deux mille toiles qu'il détruira presque toutes. Seule une quarantaine de toiles échappent à son jugement féroce » (p. 84).

Cette théorie de l'artiste malheureux se confirme avec la naissance du fils de Sean. Après avoir espéré et attendu cet enfant durant dix longues années, l'artiste est comblé lorsque Julian arrive enfin, bien que cette naissance coïncide avec une stérilité artistique qui durera trois ans. En effet, comme le dit l'agent de Coutances : « Le bonheur, c'est agréable à vivre, mais ce n'est pas très bon pour la création. Tu connais des artistes épanouis, toi ? » (p.301). Cet empêchement artistique par le bonheur envahit aussi Gaspard, qui décide d'arrêter d'écrire alors qu'il éprouve des sentiments naissants pour Madeline.

Lorsque son fils disparait, la douleur semble cette fois trop forte pour pouvoir être sublimée en création artistique : Lorenz arrête complètement son activité de peintre et retombe « dans ses vieux démons : la drogue, l'alcool, les médocs. » (p. 89). Ce n'est que l'espoir fou qu'il entretient de retrouver son fils vivant après ses expériences de mort imminente qui lui redonne la force de peindre. L'espoir fragile mais vivace, teinté d'une immense incertitude, devient le terreau fertile d'une nouvelle période artistique.

PISTES DE RÉFLEXION

QUELQUES QUESTIONS POUR APPROFONDIR SA RÉFLEXION...

- « Paris is always a good idea » (p. 25). Comment et à quels personnages cette citation d'Audrey Hepburn peut-elle s'appliquer ?
- « Maman, regarde, je fais l'avion. » Quel rôle joue cette phrase présente au début et à la fin du roman ?
- Ce roman de Musso pourrait être qualifié de « récit gigogne ». Expliquez pourquoi et les effets qui en découlent.
- Gaspard est-il vraiment le misanthrope que l'on croit ? Qu'en est-il de Madeline ?
- Comment expliquez-vous la réaction de Madeline lorsque Gaspard lui demande si elle veut un enfant pour se sentir comblée et entière ?
- La question de la paternité occupe une place importante dans cette histoire. Quel est son rôle ?
- « Je suis profondément optimiste sur rien du tout » (p.117). Quel(s) personnage(s) pour-

rai(en)t aussi avoir prononcé cette phrase de Francis Bacon ? Pourquoi ?

- Expliquez le rôle des quatre chapitres suivants : « Gaspard », « Pénélope » (deux fois) et « Bianca » ? Qu'apportent-ils en regard de l'écriture du reste de l'histoire ?

Votre avis nous intéresse !
Laissez un commentaire sur le site de votre librairie en ligne
et partagez vos coups de cœur sur les réseaux sociaux !

POUR ALLER PLUS LOIN

ÉDITION DE RÉFÉRENCE

- MUSSO G., *Un appartement à Paris*, Paris, Pocket, 2018.

SUR LEPETITLITTÉRAIRE.FR

- Fiche de lecture sur *L'Appel de l'ange* de Guillaume Musso.
- Fiche de lecture sur *Et après…* de Guillaume Musso.
- Fiche de lecture sur *Central Park* de Guillaume Musso.
- Fiche de lecture sur *Que serais-je sans toi ?* de Guillaume Musso.
- Fiche de lecture sur *La Fille de papier* de Guillaume Musso.

Retrouvez notre offre complète sur lePetitLittéraire.fr

- des fiches de lectures
- des commentaires littéraires
- des questionnaires de lecture
- des résumés

ANOUILH
- Antigone

AUSTEN
- Orgueil et Préjugés

BALZAC
- Eugénie Grandet
- Le Père Goriot
- Illusions perdues

BARJAVEL
- La Nuit des temps

BEAUMARCHAIS
- Le Mariage de Figaro

BECKETT
- En attendant Godot

BRETON
- Nadja

CAMUS
- La Peste
- Les Justes
- L'Étranger

CARRÈRE
- Limonov

CÉLINE
- Voyage au bout de la nuit

CERVANTÈS
- Don Quichotte de la Manche

CHATEAUBRIAND
- Mémoires d'outre-tombe

CHODERLOS DE LACLOS
- Les Liaisons dangereuses

CHRÉTIEN DE TROYES
- Yvain ou le Chevalier au lion

CHRISTIE
- Dix Petits Nègres

CLAUDEL
- La Petite Fille de Monsieur Linh
- Le Rapport de Brodeck

COELHO
- L'Alchimiste

CONAN DOYLE
- Le Chien des Baskerville

DAI SIJIE
- Balzac et la Petite Tailleuse chinoise

DE GAULLE
- Mémoires de guerre III. Le Salut. 1944-1946

DE VIGAN
- No et moi

DICKER
- La Vérité sur l'affaire Harry Quebert

DIDEROT
- Supplément au Voyage de Bougainville

DUMAS
- Les Trois Mousquetaires

ÉNARD
- Parlez-leur de batailles, de rois et d'éléphants

FERRARI
- Le Sermon sur la chute de Rome

FLAUBERT
- Madame Bovary

FRANK
- Journal d'Anne Frank

FRED VARGAS
- Pars vite et reviens tard

GARY
- La Vie devant soi

GAUDÉ
- La Mort du roi Tsongor
- Le Soleil des Scorta

GAUTIER
- La Morte amoureuse
- Le Capitaine Fracasse

GAVALDA
- 35 kilos d'espoir

GIDE
- Les Faux-Monnayeurs

GIONO
- Le Grand Troupeau
- Le Hussard sur le toit

GIRAUDOUX
- La guerre de Troie n'aura pas lieu

GOLDING
- Sa Majesté des Mouches

GRIMBERT
- Un secret

HEMINGWAY
- Le Vieil Homme et la Mer

HESSEL
- Indignez-vous !

HOMÈRE
- L'Odyssée

HUGO
- Le Dernier Jour d'un condamné
- Les Misérables
- Notre-Dame de Paris

HUXLEY
- Le Meilleur des mondes

IONESCO
- Rhinocéros
- La Cantatrice chauve

JARY
- Ubu roi

JENNI
- L'Art français de la guerre

JOFFO
- Un sac de billes

KAFKA
- La Métamorphose

KEROUAC
- Sur la route

KESSEL
- Le Lion

LARSSON
- Millenium I. Les hommes qui n'aimaient pas les femmes

LE CLÉZIO
- Mondo

LEVI
- Si c'est un homme

LEVY
- Et si c'était vrai…

MAALOUF
- Léon l'Africain

Malraux
- La Condition humaine

Marivaux
- La Double Inconstance
- Le Jeu de l'amour et du hasard

Martinez
- Du domaine des murmures

Maupassant
- Boule de suif
- Le Horla
- Une vie

Mauriac
- Le Nœud de vipères

Mauriac
- Le Sagouin

Mérimée
- Tamango
- Colomba

Merle
- La mort est mon métier

Molière
- Le Misanthrope
- L'Avare
- Le Bourgeois gentilhomme

Montaigne
- Essais

Morpurgo
- Le Roi Arthur

Musset
- Lorenzaccio

Musso
- Que serais-je sans toi ?

Nothomb
- Stupeur et Tremblements

Orwell
- La Ferme des animaux
- 1984

Pagnol
- La Gloire de mon père

Pancol
- Les Yeux jaunes des crocodiles

Pascal
- Pensées

Pennac
- Au bonheur des ogres

Poe
- La Chute de la maison Usher

Proust
- Du côté de chez Swann

Queneau
- Zazie dans le métro

Quignard
- Tous les matins du monde

Rabelais
- Gargantua

Racine
- Andromaque
- Britannicus
- Phèdre

Rousseau
- Confessions

Rostand
- Cyrano de Bergerac

Rowling
- Harry Potter à l'école des sorciers

Saint-Exupéry
- Le Petit Prince
- Vol de nuit

Sartre
- Huis clos
- La Nausée
- Les Mouches

Schlink
- Le Liseur

Schmitt
- La Part de l'autre
- Oscar et la
  Dame rose

Sepulveda
- Le Vieux qui
  lisait des romans
  d'amour

Shakespeare
- Roméo et Juliette

Simenon
- Le Chien jaune

Steeman
- L'Assassin
  habite au 21

Steinbeck
- Des souris et
  des hommes

Stendhal
- Le Rouge et
  le Noir

Stevenson
- L'Île au trésor

Süskind
- Le Parfum

Tolstoï
- Anna Karénine

Tournier
- Vendredi ou
  la Vie sauvage

Toussaint
- Fuir

Uhlman
- L'Ami retrouvé

Verne
- Le Tour
  du monde
  en 80 jours
- Vingt mille
  lieues sous
  les mers
- Voyage au
  centre de
  la terre

Vian
- L'Écume des jours

Voltaire
- Candide

Wells
- La Guerre des
  mondes

Yourcenar
- Mémoires
  d'Hadrien

Zola
- Au bonheur
  des dames
- L'Assommoir
- Germinal

Zweig
- Le Joueur
  d'échecs

L'éditeur veille à la fiabilité des informations publiées, lesquelles ne pourraient toutefois engager sa responsabilité.

© **LePetitLittéraire.fr, 2018. Tous droits réservés**

www.lepetitlitteraire.fr

ISBN version numérique : 9782808014366
ISBN version papier : 9782808014373
Dépôt légal : D/2018/12603/478

Conception numérique : Primento,
le partenaire numérique des éditeurs.

Ce titre a été réalisé avec le soutien de la Fédération Wallonie-Bruxelles, Service général des Lettres et du Livre.